Ein Tag auf der
Buchmesse

Freude beim Lesen
wünscht
Christiane Hertke

Christiane Hedtke
Für das Glück spioniert

Christiane Hedtke

Für das Glück spioniert

verlag kleine schritte

Bibliographic information published by Die Deutsche Bibliothek
Die Deutsche Bibliothek lists this publication in the Deutsche Nationalbibliografie; detailed bibliographic data is available in the Internet at http://dnb.ddb.de

Hedtke, Christiane
Für das Glück spioniert
Trier: Verlag Kleine Schritte, 2021
          ISBN 978-3-89968-162-8

www.kleine-schritte.de

Umschlaggestaltung: Verlag Kleine Schritte,
  unter Verwendung des Gemäldes »Woman in red dress« von Martina Kefer

Auflage: 5. 4. 3. 2. 1.
© und Gesamtproduktion im Jahre: 2025 24 23 22 21
       bei

verlag kleine schritte

Ursula Dahm & Co.
Medardstr. 105
54294 Trier

Nachdruck und Vervielfältigung jeder Art, auch auf Bild-, Ton-, Daten und anderen Trägern, insbes. Fotokopien (auch zum »privaten« Gebrauch) sind nicht erlaubt und nur nach *vorheriger* Absprache mit dem Verlag möglich.

... die Zeit nimmt sich Zeit

Flussgespräch

Die Luft steht still
zwischen uns
schimmert
der Hitzehimmel
wir schicken Worte
über den Fluss
der Nachmittag spricht
ein Gedicht
Liebe heißt unsere
verlässliche Souffleuse

Jugendfreundin

Bei einer Begegnung
mit dem Früher
gleichzeitig mit den Augen
und mit dem Gedächtnis
schauen
das Erinnern arbeitet
wie ein Scheinwerfer
strahlt in die Vergangenheit
findet das Mädchen in mir

Wieder daheim

Zurück
von einer Reise
trage ich die zurückgelegte
Strecke
noch in mir
wie ausgebreitete Flügel
bis ich den Schlüssel
in das Schloss
der Wohnungstür stecke
dahinter wartet
im Lieblingssessel
mein altes Selbst
und bereitet mir
einen gierigen
Empfang

Langschläferin

In aufreizender
Sorglosigkeit
sich Zeit nehmen
in den Tag
hineinzufinden
ohne Anmeldung
kommen sie herein
die Lieblingserinnerungen
schwirren wie ein
Schwarm Kolibris
durch mein Zimmer
rot gleißend
grün golden schimmernd
um dann zurückzufliegen
in ihre Wunderkammer

Angst vor dem Alter

Manche Gesichter
wirken wie konserviert
vielleicht altern
sie nicht
weil alle ihre Tage
gleich sind
und die Zeit glaubt
in ihnen nicht vergehen
zu dürfen
eine ältere Frau
ist jünger
als eine alte Frau
selbst die Grammatik
hat Angst
vor dem Alter

Lesen im dicken Buch

Die Zeit
ist heute langsamer
die Minuten
sind länger
die Zeit
nimmt sich Zeit
der Vergangenheit
zuzuhören
die Geschichte zu Ende
zu erzählen
mit einer weichen
Stimme
wie in Karamell
getaucht
die Worte schmecken gut
Stunden mit Sätzen
die ich lutsche
wie süße Bonbons

Gut gemeint

Den Satz
du hast dich gar nicht verändert
zu hören
finde ich nicht mehr
erstrebenswert
denn er bedeutet
dass die Zeit
mit Sonne und Wind
dass die Worte
mit Freude und Schmerz
mich nicht berührten
all die Jahre
und ich ihnen keine
Antwort gab

Das erinnerte Wort

Über das Jetzt
hat sich ein Schleier
des Damals gelegt
Erinnerungen sind
hineingewoben
Leerstellen werden
überbrückt durch
fremde Anekdoten
und eigene Erfindungen
am schönsten
das erinnerte Wort

Abschied

Das Alter
Zeit der Muße und
Freiheit
von den Zwängen
früherer Tage
Freiheit
alles zu erkunden
wonach mir der Sinn steht
ich wage
der Gewohnheit
den Abschied zu geben

Neue Gelassenheit

Nicht mehr suchen
nur noch finden
abwartend
ohne zu lauern
leicht schwebend
mit den Füßen gerade
noch am Boden
von Idee zu Idee
schlendern

… in unbekannten Helligkeiten

Suche

Eigentlich
wollte ich ja mal
bis ans Ende der Welt
aber inzwischen glaube ich
ich sollte erst mal besser
den Anfang finden
es gibt Entfernungen
die größer sind
als Meere und Ozeane
die schwerer zu überwinden sind
als Zeitzonen
also gehe ich
ein Stückchen Nirgendwohin
und wieder zurück

Nachtwandel

vieldeutig
vielversprechend
die Gesichter
der Stadt
möchte gern
unter ihnen sein
nachtwandeln
durch dieses
leuchtende
Lichtermeer
in unbekannten
Helligkeiten
Feuer
fangen

Im Grenzbereich

An den Rändern
sehnsuchtskrustig
schaut die Stadt
blutig die Knie
doch nachts hat sie
Glanz
in den Augen
so als schaue sie
in den Seifenblasenzauber
den ein Nachtschwärmer
als schillernden Punkt
in die Dunkelheit
schickt

Traumsehnsucht

Wie unbedeutend
zuweilen
die Tageswirklichkeit
verglichen
mit dem Traum
manchmal erfasst
mich beinahe
Enttäuschung
am Morgen
wenn das Unmögliche
aufhört
möglich zu sein
nur mit der Nacht
bekleidet
auf und davon geht
unerzählbar bleibt
wie eine schwierige
Musik

Kulissenwechsel

Ob an dem Fluss
in dem ich bade
Palmen stehen
oder Weiden wachsen
ob Tauben oder
bunte Papageien
über mein Haus fliegen
ist nicht so wichtig
wichtig ist aber
ob ich genau hier
ein bisschen mehr
zu Hause bin
als anderswo
denn zu Hause
ist mehr ein Gefühl
als ein Ort

Gehen

Nur noch gehen
wollen
im Gehen
an das Gehen denken
im Denken
inmitten von Welt
zu sein
ich sein
ohne anderes zu sein
alles Denken
ein Riechen
ein Sehen
ein Fühlen
barfuß
mit den Zehen
spüren
Erde Sand
Stein und Gras
oben
ein Vogellied
als Klanglinie
in der Luft
als frage jemand
nach dem Weg

... du wächst mit dem Neuen

Verbaucht

Das Zentrum deines Ichs
ist weggerutscht
in deinen Bauch
raumgreifend
wächst es dort
zu einem wir
unförmig
Prallheit fordernd
du fühlst dich
ganz und gar
verbaucht

Schwanger

Schwanger
du liebst dieses Wort
lässt es dir zärtlich
über deine Lippen gleiten
wenn du es sprichst
und von dem Wunder
welches in dir schwingt
schwanger
du genießt dieses Sein
bist dir schön
in deiner schweren Nacktheit
wenn du dir zusiehst
und dich eins fühlst
mit dir selbst
schwanger
du wächst mit dem Neuen
begierig darauf
die Zeit neu zu leben
die Welt neu zu sehen
die du zeigen wirst
dem Wesen in dir

Oma sein

Die Spätnachmittagssonnenstrahlen
beleuchten
einen jener Augenblicke
den ich nicht einfach nur
als Augenblick begreife
sondern als Geschenk
jetzt will das Leben gefeiert sein
und ich bin auf Freude
gebettet
wie auf einem weichen Kissen
über mir
spenden die Engel
mit ihren Flügeln
zärtlichen Beifall

Hoffnung

Geburt
ein Anfang
ein Versprechen
kein Ende
mit niemand
nicht mit der Welt
nicht mit uns
nichts muss bleiben
wie es ist
was wir wissen ist wenig
was wir entdecken
ist viel
über dem Kind
ist der Himmel
offen

Zauberin mit Zahnlücke

Da steht sie
mit einem kleinen Rucksack
vor mir und nimmt mich
an der Hand
ich gehe mit ihr in die Welt
mit Kinderaugen
und finde überall den Farbenrausch
in den Blumen
den Fischen und Vögeln
ich springe in Pfützen
sammle Steine
und jage den Schmetterlingen
hinterher
am Abend strahlt sie mich an
als hätte jemand in ihr ein Licht
angeknipst
und hält ihre Sterntalerschürze
für mich auf

Kinderworte

Wo sie ist
sind Wunder
nicht weit
ihre Sätze
wirbeln
wie Luftschlangen
in bunten
Spiralen
durch die Luft
aber sie hat auch
Fliegenpilzworte
die ihre Wirkung
sekundenschnell
entfalten

... im Rhythmus mit dir selbst

Spionin

Vogelfedern
in den Haaren
erleichtern den
Gedankenflug
im Herzen barfuß
tanze ich das
Augenfest
Siebzig Jahre
mit der Erde
um die Sonne
und immer
für das Glück
spioniert

Gesundheitstipp

Tagsüber essen
worauf man Lust hat
etwa fünf Kugeln Eis
zum Mittagessen
und dafür auf das
Abendessen verzichten
dazwischen überall
und möglichst oft
die Schönheit suchen
und finden
wenn nötig sie selbst
erfinden
nachts
das selige Schweben
bei Musik, Wein
und Worten
und nicht zu früh
ins Bett

Der Hut

So ein Hut wirkt Wunder
sein Schwung
lässt dich plötzlich
so anders
durch die Straßen gehen
der veränderte Blickwinkel
stellt Blickkontakt her
und da beschließt du
dich in ein Café zu setzen
den teuersten Eisbecher
zu bestellen
am Montagmorgen
die Beine übereinander zu schlagen
und das Leben
aufregend zu finden

Die Küche ist zum Tanzen da

Befreiend unordentliche
Ordnung
um uns herum
freudige Verweigerung
des Alltags
schönes nutzloses Tun
meine Freude
schnappt nach deiner Wut
versucht
sie zu schlucken
bis mein Lachen mit
deinen Mundwinkeln
tanzt
und du dann auch
mit mir

Grauer Tag

Die Sorgen stehen breitbeinig
mitten im Zimmer
der Staub tanzt regellose Tänze
hinter meinem Rücken
ich warte darauf
dass der Tee zieht
dazwischen hat im Spiegel
eine neue Faltenerscheinung
Premiere
die Türklinke tut einen
metallenen Seufzer
und ich befürchte
ich brauche heute ein Visum
um dir zu begegnen

Die hohe Kunst des Nichtstuns

Nicht
auch noch
in den Pausen
auf Sinnsuche gehen
aktives Rasten üben
damit die seltenen Lücken
im Tagesablauf
noch etwas bringen
als Humus für das
innere Wachstum
durch bewusstes Liegen
mit Schulung der Achtsamkeit
und Selbstliebe
nein
ich bin ein Liegenaturtalent
ohne jede Fortbildungsmaßnahme
und will manchmal Zeit
dazwischen
unaufmerksam und sinnfrei
verplempern
und ohne schlechtes Gewissen
lange darüber nachdenken
ob ich meine Fußnägel
in pastell-taupe oder
neo-violett lackiere

Meine Antwort

Wenn
das ganze Universum
eine einzige große Frage
und selbst die Sterne
sterblich sind
dann wähle ich
unter allen anderen
Antworten
auf die kosmische
Endlichkeit
die nie die ganze
Anwort sind
die der Kunst
die reitend
auf dem fliegenden Pferd
von Freiheit und Schönheit
singt

Tanzend

Wenn du tanzt
wird deine Gier nach Leben
im Rhythmus mit dir selbst
erfüllt
der Schrei nach mehr
darf laut doch unhörbar
in der Bewegung
schwingen
der Wunsch nach Einheit
deines Körpers mit dem Kopf
wird dir gewährt
durch die Musik
so oft verlangt es dich
nach Leichtigkeit im Sein
hier kannst du sie vollziehen
mühelos
ob Sehnsucht Trauer Euphorie
dir die Gebärde führt
sie gibt dir Raum
zu neuem Atem

… mit der flüchtigen Schönheit

Begegnung

Der Wind
bringt
die Gefühle
durcheinander
die Vögel
vor lauter Vorgefühl
aufgeregt
wie Frühlingsanfang
die Liebe traut sich
mich anzusprechen
Atemzüge verrutschen
zwischen der Vernunft
der Haarspitzen
bis zur Vernunft
der Zehenspitzen
nur diese Überdosis
Licht
in schlendernder
Ankunft

Prinzessin

Da ist es
das erste Morgenlicht
mit einer Farbe zwischen
Pampelmuse und Orange
und behauptet den
Abschied des Winters
ich darf ihm glauben
flüstere das Wort
Frühlingssonne
diese Prinzessin
unter den Wörtern

Gleichklang

In den warmen Steinen
in meinem Rücken
schlägt mein Herz
während der Fels
mich stillschweigt
kann ich zu seiner
Ruhe finden
bin für eine Stunde
unsterblich
und darüber
wie immer
der Wolkengang

Blumenwiese

Heute
finde ich in der Wiese
das Staunen wieder
das ich dort
zurückgelassen habe
als Kind
kann einfach da sein
dem Zittergras
zusehen
mich unsichtbar machen
und liegen

Wüstenheiß

Heiß
anders heiß
rücksichtslos
schattenlos
unbeeindruckt
vom Wind
der tut
als ob er noch nicht
erfunden wäre
eine Variation
auf das Thema
Wüste

Windsprache

Unsere Knie
trauern um die Sonne
die Landschaft
in den Himmel
gestreckte
schwarze Kronen
ein Nordwind
zerreisst die Wolken
randaliert in den
Bäumen
zerrt Äste
auf die Straße
mischt sich in
unser Gespräch ein
und
eine Ente
lacht am See

Nachtgang

Diese große Symphonie
von Wind und Baum
dazu Traumgeräusche
der Tiere
Nacht löscht die Farben
aus
nur der Mond noch
mit einem Rest
weiß
an den Himmel getupft
bescheint die Äste
der Platane
mit schwarzen Fingern
greift sie nach den
Sternen

Unbezahlbar schön

Der erste Schnee
eisweißer Vorhang
mit der flüchtigen Schönheit
von Blüten
überzieht alle Dinge
langsam und leise
mit einer pudrigen
Unwirklichkeit
Ein Ticket umsonst
zurück in die Kindheit

... Variationen von mir selbst

Lebende Romane

Wir sind doch alle
lebende Romane
all die Geschichten
die sich in uns Menschen
verbergen
die wir mit uns herumtragen
als ungeschriebene Bücher
deshalb brauchen wir
geschriebenes
gemaltes
verfilmtes Leben
stellvertretend für das Eigene
das mit uns verschwindet
mit uns vergeht
für immer

Chaostheorie

Sonnenstaub also bin ich
aus Stoff
der in Sternen entstand
dass jedes Atom
den Sternen entsprang
seltsamer Trost
aus derselben Materie
zu sein
wie alles um uns
ich als Ergebnis
von zufälligem
Aufeinandertreffen
entstamme also
dem Chaos
ich habe es doch immer
geahnt

Zimmer einer Abenteurerin

Ein Faltenwurf
vom Wind
deines wilden Wesens
hingewirbelt
lädt zum Verrutschen ein
ein leerer Bilderrahmen
in der Mitte aufgestellt
mit frechem Lachen
ruft ungemalte Bilder
wach
ein Vorhang aus
bemalten Bumerangs
erzählt Geschichten
von weit weg
und Abenteuern
zu dir hin

Lob der unnützen Dinge

Diese Dinge
haben heute einen
schlechten Ruf
als wäre die Liebe
zu ihnen
verdächtig geworden
doch ich brauche sie
den Engel mit dem
verschwundenen Flügel
die Silberdose mit dem
Zucker der Kindheit
die bunte Maske aus
einem fernen Land
sie flüstern Geschichten
aus meinen vielen
Leben
und
es ist ein leises Glück
sie bei mir zu haben

Wiederbegegnung

Manchmal
begegnest du
nach langer Zeit
einem Menschen wieder
und eigentlich seid ihr
plötzlich zu viert
jeder trägt ein bestimmtes
Bild des anderen in sich
und im Bruchteil einer Minute
nehmen wir Abschied
von der Person im Kopf
ein Moment des Staunens
ein Moment der Enttäuschung
wie kann sie es wagen
so von der Erinnerung abzuweichen

Russische Puppe

Wären wir doch
viele
immerzu andere
ab und zu
überraschend dieselben
eine bunte Steckpuppe
mit Variationen
von uns selbst
die auf ihren Auftritt
warten

Trauermantel

Man muss Mut haben
zum Ungetröstetsein
zum Schmerz
sich dem Dunkel
das wir nicht verstehen
öffnen
hingeben
um dann zurückzukehren
ins Helle
ins Licht
dort weiß die
Schmetterlingsseele
um ein neues Leben

Schlüsselproblem

Immerzu
verliere
vergesse
verlege
ich meine Schlüssel
was ist das bloß
frage ich einen Freund
das ist doch ganz einfach
sagt er
du willst nicht
dass irgendetwas
zugeschlossen ist –
seitdem
sehne ich mich danach
mit ihm
durch offene Türen
zu rennen
weit weg
in ein schlüsselloses Land

Christiane Hedtke

Geboren 1949 in Laubach/Hessen. Hat als Sonderschulpädagogin gearbeitet. Lebt in Weinheim. Mitbegründerin einer Schreibgruppe. Zahlreiche Veröffentlichungen, so z. B. seit 1991 im Verschenk-Calender (éditions trèves).
Schon als Kind liebte Christiane Hedtke die Geschichten ihres Großvaters, des Dichters und Malers Ernst Eimer. So ist es denn auch nicht verwunderlich, dass ihre früh entwickelte Liebe zur Lyrik die Zeit überdauert hat. Besonders Erich Fried, Rose Ausländer und Hilde Domin, Hedtkes Lieblingslyriker, haben sie geprägt. Ihr wichtigster Beweggrund, selbst zu schreiben, geht auf diese drei SchriftstellerInnen zurück: »Dass auch unser Alltag reich an Wunderbarem ist, wenn wir es nur zu sehen vermögen und offen genug sind, ihm zu begegnen, möchte ich mit meiner Lyrik ausdrücken.«

Veröffentlichungen im Verlag Kleine Schritte:

Dieser rasende Puls. Gedichte
Ich bin gerade glücklich. Gedichte
Wegelagerin des Glücks. Gedichte

Martina Kefer

Lebt in Konz und betreibt dort in der Innenstadt ihr eigenes Atelier. Sie ist mit ihren teilweise großformatigen Acrylbildern in vielen Ausstellungen präsent. Ihr künstlerisches Motto ist »Farbe, Form, Figur – Dynamik«.
Mitglied u. a. im KUKT - Kunst und Kulturverein Trier e. V.
www.atelier-kefer.de

Inhalt

... die Zeit nimmt sich Zeit	5
Flussgespräch	7
Jugendfreundin	8
Wieder daheim	9
Langschläferin	10
Angst vor dem Alter	11
Lesen im dicken Buch	12
Gut gemeint	13
Das erinnerte Wort	14
Abschied	15
Neue Gelassenheit	16
... in unbekannten Helligkeiten	17
Suche	19
Nachtwandel	20
Im Grenzbereich	21
Traumsehnsucht	22
Kulissenwechsel	23
Gehen	24
... du wächst mit dem Neuen	25
Verbaucht	27
Schwanger	28
Oma sein	29
Hoffnung	30
Zauberin mit Zahnlücke	31
Kinderworte	32
... im Rhythmus mit dir selbst	33
Spionin	35
Gesundheitstipp	36
Der Hut	37
Die Küche ist zum Tanzen da	38
Grauer Tag	39
Die hohe Kunst des Nichtstuns	40
Meine Antwort	41
Tanzend	42
... mit der flüchtigen Schönheit	43
Begegnung	45
Prinzessin	46
Gleichklang	47
Blumenwiese	48
Wüstenheiß	49
Windsprache	50
Nachtgang	51
Unbezahlbar schön	52
... Variationen von mir selbst	**53**
Lebende Romane	55
Chaostheorie	56
Zimmer einer Abenteurerin	57
Lob der unnützen Dinge	58
Wiederbegegnung	59
Russische Puppe	60
Trauermantel	61
Schlüsselproblem	62
Christiane Hedtke	63
Martina Kefer	63